詩集

白い椅子

詩集　白い椅子

こやま きお

目次

I章　祈る

Ⅱ章　愁える

Ⅲ章　願う

I章　祈る

追慕

電車はまだ来ない
都心から近い新しい街なのに
地方の匂いを感じさせるのは
おそらく目の前に広がる蓮の田のせいだろう
法要の知らせで
被災したきみの街を訪ねたときも
同じようなことを想った気がする
ゆるやかに陽のさす午後

ホームのベンチにもたれ
まどろむなかで
火照る身体に戸惑っていた

箸でつまんだ
白いサンゴのような骨があまりにももろく
きみの豊満な肉体を想像することができなかった
白いかけらをそっとポケットに忍ばせ
そそくさと駅に向かう
まもなく上り電車がくるというアナウンスに
思わず
喪服のポケットをまさぐり
骨を口にした
口が渇き全身が火照る

きみとの思い出が愛しいとはいえ
思い出したくないことも
思い出してはいけないこともある
午後の陽ざしをさえぎるように
電車の着くアナウンスが響きわたる
まだ来ないでほしいと思いながらもほっとする

歳月

千年に一度の大津波とはいえ
なにが生死をわけたのか
二〇一一年四月
きみの残像をひきずりながら
おそるおそる被災地にはいったときのことを
思い出すことがある

家族の話によれば
離れの義母を背負い
家の裏手の高台にある社に向かったという
その後のことが分からず
探しまわって　いつまで待っても
二人は戻ることがなかった
命を落としたのは
一瞬の出来事だったかもしれないが
生き残った家族にとって
その記憶は決して忘れることができない
その悲しみは身体に宿っているという

十年も過ぎると
わたしの記憶はあいまいで
ながい歳月を恨んだらよいのか
どこでどう迷い
きみとの思い出を置き忘れてしまったのか
懐かしさも愛おしさも
黒い津波のことも
気泡のように湧いては消えていく

灯り

小さな駅の踏切に差しかかったときだった
甲高い警笛と鉄の軋む音
一斉に飛びたつ
ムクドリの群れで空がおおわれた
予想もしなかったできごとは
あの日の午後二時四十六分
きみにもおきた

きみの四十九日法要の知らせが無ければ
被災した街を訪れることはなかった
きみとの日々を思い出すことも無かった
帰路の静かな時間を望んでも
走行する電車の音律にまぎれて
輪郭のない影のような記憶が
振り払っても　振り払っても
ザワザワザワザワよみがえってくる

陽が傾くにつれ
目に見えるものの曖昧さが加速され
連山の稜線が濃紺の闇に
束の間に沈んでいく

被災した港から
暗い海に揺れる
漁り火のようなかすんだ灯りが
ポツン　ポツンと車窓のおくに見える

希望の灯りのように

閉じ込められた風景

きりっと一輪　菜の花
そこは海を一望できる
小高い丘であったに違いない

土地の人からお花畑と慕われていたと
きみの話を思い出す
かつては多くの人が訪れ
晴れた日

丘に立つと
ゆるやかなアーチを描く水平線が
輝いて見えたという

いくつもの重機のアームが
獲物を狙うカマキリのように丘を抉っていく
土壌汚染の除去だというが
遺跡のように残されていた家々の礎石も
たちまち茶色の土に均され埋められていく
記憶の拠りどころがまた一つ消える

鈍く照り返す無数の黒い袋
この地で暮らしてきた
人々の
喜怒哀楽を詰め込んだまま
失われた町に積み上げられていく
きみの眠る彼方の海を遮り
逝った人たちの無念をも塞ぐ
いつまで
街の風景を閉じ込める

風化

あの日
家の建ち並ぶ見慣れた風景が崩れ流され
吹きつける霙《みぞれ》の海に街が沈んでいった
ねじれ曲がったむき出しの鉄骨
陸に浮かぶ漁船　天を剥く車両
見てはならない街のすがたに
鈍色の空を裂くようにウミドリが哭く

今も立ち入り禁止の柵の向こうで
なにが隠され
真実を見せないまま
海辺の巨大タンクだけが増え続けている

土壌汚染の除去物だというが
にぶく照り返す無数の黒い袋が
ここかしこに積み上げられ
希望の若芽も花芽も追い払われた
故郷の家が一つまた一つと消え
新しい街に造り変えられ賑わうが
記憶の風化が忍び寄る

釣行

上段に構えた竿の向こうに妙高の青い稜線がはしる
外海に出ていった山女魚が
峰に雪がまだ残るころ故郷の川をめざしてくる

息を止め瀬音に集注する
はじく雪代へ一振り
ラインは川霧に向かって
弓なりにのび吸い込まれていく

ルアーの着水を手元でたしかめる
呼吸を整え
ゆっくり　静かに　はやく
くり返し　リールを巻く

あの日　きみの無事の還りを祈った
流されていく瓦礫の中からふと姿を見せるのではないか
あれからずいぶん時間が経ったとはいえ
きみなら必ず家族の元へめざすだろう　と
晴れていく川霧に向かいながら
とりとめもない想像をしてしまう

浮き沈む記憶も
投げ掛けたルアーのように
手応えも無く川の流れに掻き消されていく

山路にて

朝日岳から清水平をぬけ
尾根づたいに一気に北*温泉へと降《くだ》る
せせらぎの音が聴こえてから
記憶では
三十分後に北湯に着く

そよぐシラカンバの群生
背丈をこえるクマザサ

ゴヨウツツジの甘い香り
ゆっくり見わたそうとしても
なにかに引き寄せられるように
山路をいそぐ

したたる汗のせいか一口飲んだ水が塩辛く
あの日の苦汁が脳裏をよぎる
還ることの無かった人の多くは
黒い海水を飲んで溺れた
きみもその一人だったのかと
見えるはずもない波が
ザワザワ音をたてて背丈をこえてくる

あの日を忘れていいはずはないのに
ためらいながら
さらに勢いをつけ　宿を目指す
近くなる瀬音のなににざわつくのか
思わず後ろを振りかえる

＊那須岳山腹にある那須温泉郷の一湯

スニーカー

青と赤のストライプ
その靴先だけが見える
車窓から差し込む朝陽に
スニーカーの先が輝いているように見えた
若いころの
きみが好んで履いたスニーカーとよく似ている
懐かしい柄だったので
どんな人が履いているのか気になり

席を離れてまで確かめることはしなかったが
どうしても気になる
前傾に身を乗り出して見ようとするのだが
左前方の座席が邪魔して見させない
一駅二駅と止まるごとに乗客が増えてくる
ふいに次の駅でいなくなってしまうのではないか
あの時
黒い波にのまれたように
忽然と姿が消えてしまうのではないかと不安がよぎった
ここで目を離してはいけない

いつまでも一点を見つめることが
なにかしら怪しげに思われるのではないかと思い
間をおいて　チラッと見る
手元の文庫本を開いて顔を隠し
また　チラッと靴先の所在を確かめる
増える乗客の人波にさらわれたのか
靴先は見えなくなっていた

もうすぐきみの命日がくる

送り火

静かすぎる海に気づくべきだった
ひずみに耐えられなかった断層は
列島を引きずり弾いた
海の秩序は崩れ
海嘯《かいしょう》のような
魔の手になった黒い波が
何もかも奪い去っていった

送り火の淡い光が
焦点の定まらないまま
天に向かっていく
きみの無事な還りを願うたびに想う
「地震は突然やってきたのではない」
「前兆も備えも想定できたのではないか」と

一人ひとり懸命に生きてきたはずなのに
たった一つの命なのに
希望も夢も優しさも
のみこまれて逝ってしまった

墓前の煙は哀しみをまといながら
いつまでも揺らいでいる

いつの日に

祖父母が暮らした小さな漁村にたどり着く
いつもなら
陽が昇る前に男たちは漁に出て
あたりはにわかに賑わい活気づくのだが
風景画のように止まったままだ

祖父母たちが避難した高台に
いくつもの仮設住宅が建った

今年こそはと
平穏な生活に戻れると願っていたが
真夏の仮設住宅で祖父が亡くなり
その半年後に祖母が亡くなった

原発誘致のために
金と嘘をどれだけばらまかれたか
事故後にどれだけの放射能が飛び散ったか
汚染された水は
大きなタンクに貯められたまま沈黙しているが
どれだけの汚染水が海に流れ込んだか

「いつまで我慢したらいいのだい」
祖母が言い残した悔しい思いがこみ上げてくる
怨みの風
キリッ　キリッと爪を立て
真夏の空を裂き
ぎらつく海を吹き抜けていく

※被災された方の証言をもとにして

Ⅱ章　愁える

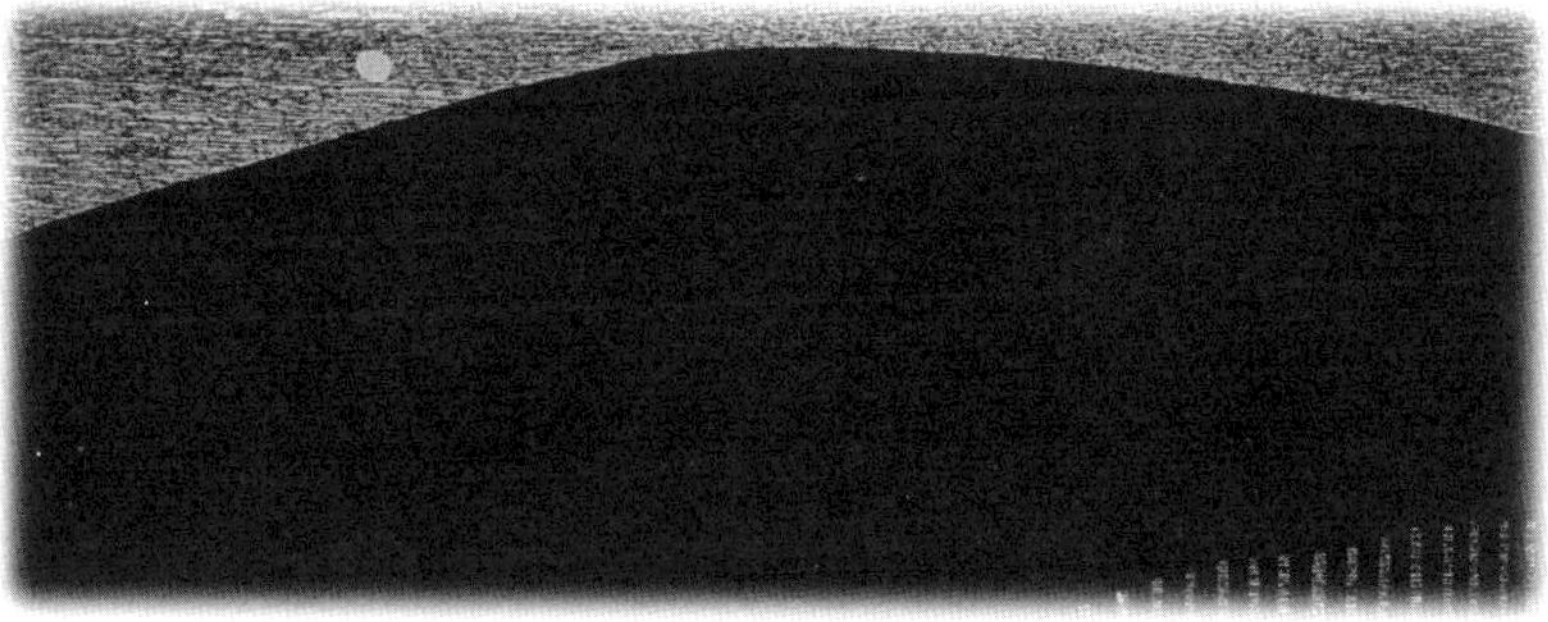

煙るレ*ニングラード

鋭角に砥がれた月の夜
睡魔に吸い寄せられながら
三十数年前に訪れたレニングラードの風景が浮かんでくる
へばりついていた記憶でもないのに
湾に向かってゆったりと流れるネヴァ川が見えるのだ

レニングラード行きの列車は深夜モスクワを出る
向かい合う二段ベッドのコンパートメントは
一晩中
ロシア人の話し声とウオッカの臭い
鉄輪の軋む音
寝つけず朝を迎える
列車は
レニングラードの深い霧の底にあった

ネヴァ川はどのあたりか
立ち籠める霧のなか
水路を辿りながら
石畳の古い街を歩く

「罪と罰」の背景も社会情況も違ってはいるが
モスクワで暮らす
日本人社会の閉塞した生活と重なってくる

八月のネヴァ川には夏の名残は無かった
いくつもの水路は淀み
開閉する橋の歯車の音は重く
制服を整えたウミドリの群は
キロフスキー橋の欄干に一糸乱れず西を向いていた

眠りから目覚めても
輪郭のはっきりしない意識のなかで
セメント色に煙る波うつネヴァ川の岸辺を

背を丸めて歩く
老いたラスコーリニコフがいる

＊現在のサンクト・ペテルブルグ

ヤルタの月*

鋭利に砥がれた
知の刃とはよく言ったものだ
切れ味試すように
ヤルタの三日月
大国の闇を裂いていく

狙われたか
何処へ行こうとも追ってくる
ヤルタの刃

ひと振りおろされたら
間違いなく首は黒海*に落ちる
夜明け前の舞台が動く

大きなテーブルに
富を分かち合う絹布が敷かれる
地図を千切っては貼り
貼っては剥す舞台の裏で
蜜談の味に酔いしれる三人の首脳
ヤルタの三日月
正義の一振りとなるか

＊ヤルタ　クリミヤ半島にある都市　ソ連崩壊後ロシアが実効支配
していろ　ウクライナはそれを認めてはいない
＊黒海　ヨーロッパとアジアの間にある内陸海

カラス

哭く蝉を銜えながら
電柱のてっぺんで見下ろすカラス
七つの子の餌なのか
銜えたまま
飛び立つ時機をうかがっている

カラスと言えば
三十数年前のモスクワにもいた

*MOCナンバー黒塗りのリムジンに乗る
それも二股の赤いカラスだ
人が歩いていようが
信号で車が止まっていようが
速度を落とさず赤い星のもとへと向かう

東にも西にも
悲哀を抱えたまま飛べずにいるカラスがいる
独立　共存　平和と
春の兆しを思うのだが
カラスがカラスに怯えながら暮らしている

銜えられた蝉を
かわいそうなどと言っている間にも
ウオッカ片手にキャビアを喰らい
紳士面したカラスが
今も闇夜を飛び回っている

＊車のプレートにＭＯＣ《モス》と表示された政府高官が乗る車

赤いひまわり

この地に戦争のなかったころ
とうとうと地平の彼方まで
青い空に向かってひまわりが咲きそろっていた

かつての大戦では
家族や友人を大切にしてきた若者たちが徴兵され
戦場へと駆り出された
この地に幾千幾万の骸となって

故郷に還れず眠っている
どこからともなく
地から赤い水が湧き出て
赤い水は血の川となってさ迷い流れ
いつからか
頭《こうべ》の垂れた赤いひまわりが
骸の数ほど咲いたという

今また
広大なこの地が戦場となり
祖国を守るために
夫や息子までも武器をとった
見えない戦う相手の中には

兄弟国だったころの友や知人もいるのだ
失っていい命などあるわけがないのに
殺し殺され
大義という名のもとに命が翻弄される
幾筋もののキャタピラの跡に
無念　怨みが残されたまま
悲惨な季節が過ぎていく

笑顔のようなひまわりが
この地にまた
一面に咲きそろうのはいつの日なのだろうか

アルバート通り*

モスクワの春のために
長かった冬に陽がさし　土は温み
水の流れる音が聞こえてくる
街路樹が芽吹く通りからは
若い男女のはずむ声がとどく
陽だまりのベンチにもたれ
和らいだ風を受け
うつらうつら　瞼がゆるむ

ヴ*ィソツキーの路上ライブが始まる
ウオッカにただれた声がひびき
市民も　制服の警察官も
官庁の役人も立ち止まる
ギターの弦が切れるほどつま弾き
歌い　大地が揺さぶられる
ミ*ーラ　ミーラ　ミーラ
聴衆は叫ぶ
アルバート通りがタ*ガンカ劇場になる

コロンのようなかおりに目が覚めると
モスクビッチ*の顔をおおうほどに
大輪の花が握られている
季節にとけこんだ笑顔の風が
アルバート通りをふき抜けていく

＊アルバート通り　モスクワ市内の通りの一つ
＊ヴィソツキー　モスクワの反体制の詩人、俳優、歌手
（一九三八～一九八〇）
＊ミーラ（ミール）平和
＊タガンカ劇場　モスクワ市内にある舞台劇場
＊モスクビッチ　モスクワッ子・モスクワの人々

気がつけば

不安の的中は無防備な時にやってくる
遠い国のこととはいえ
見えないけれど感じるものがある
気がつけば
明日につなぐ時間が去ってしまい
現実が過去になって未来を蝕んでいる
後戻りできない独りの男の手には
乾いた雪を降らすロシアンルーレットが見え隠れする

アマルフィ*の友

息を切らしながら友人の家をめざすが
細い路地に迷い込む
夏の太陽が照りつく狭い坂道の先に
整然としたいくつもの段々畑が見える
海に面して両手を広げ
陽の光を受けとめるように
甘い香りをはなつブドウの棚が列をなしている
「もう少し先に行くと塔のような屋根が見えるよ」

農夫の指先に目をやるが
段々畑と真っ青な空が見えるだけだった

レモン畑に通じる坂道の中ほどに
塔のような屋根が見えた
アマルフィの港町を見下ろせる高台に
友人の家はあった

「私の故郷は美しい町だ」
モスクワで何度も聞かされたとおりの風景だった
友人が育てたレモンだとさしだされる
大ぶりのレモンを丸ごとかじる
肉厚の皮はほのかに甘く

果肉の酸味が美味いと思った
「アマルフィの地形と太陽の恵みのおかげさ
ここで自慢できるのは美味しい果物を一年中届けられることだ
人と人がいがみ合う暇などない」
友人の話にうなずきながらレモンをかじる

夏になると
ほとばしるアマルフィのレモンを想いだす

*アマルフィ　イタリア南部ソレント半島南岸にある小都市
一九九七年世界遺産の文化遺産に登録される

Ⅲ章　願う

夕焼け

目の前の魔法のような夕焼けに
明日は天気だ　と
子ども心にほっとするものを感じた
陽が傾き
あたりが暗くなりはじめると
夢中だった遊びをやめて
誰からともなく
「カラスがなくからかぁえろう」と

家に向かって走りだす
貧しくせまい家でも
懐のような温みがまっていた

勤めていたころも
西の空が夕焼け色に染まるころ
暗くならないうちにと家路を急いだ
家に着けばかわりばえのしない日常だが
夕食を待つにぎやかな家族がそろう
かおりたつ五目ちらし寿司は妻の十八番だ
ゆっくり味わえばおかわりがおくれると思うのか
育ち盛りの子どもたちの茶碗がかちあい
おひつの湯気がおおきくゆれる

にぎやかなやり取りに
妻も私も一喜一憂したものだった
うるさいほどの子どもたちの声も
今となっては聴くことができない

「夕焼けがきれいね」
手をかざしながら話しかける妻
もう家路を急ぐことはないが
それぞれ家庭をもった子どもたちに
どんな夕食の風景があるのだろうかと
茜色に染まった西の空を見上げる

白い椅子

やっと
迷路のような美術館の展示室をめぐり終え
最後の案内順に従い四方白塗りの部屋に入る
展示の絵も置物もない部屋の真ん中に
白く塗られただけの木製の椅子が一つ
裸電球の淡い光の中に置かれている

人の往来にも疲れたせいか
座わりたい欲求にかられる
通り過ぎる誰もが横目でちらりとは見るが
立ち止まる人も座る人もさわる人もいない
座るための椅子ではないのか
置くだけ　見るだけ
老人を目の前にして理不尽な
どうして誰も座らない

老人の妄想ではない
疎ましく思われようが座るしかない
厄介な老人を演じてでも
無法だろうがドッコイショと座る

通り過ぎる誰からも
さげすむ眼　目　め　漏れる溜め息
想った通りではないか　人の心など
やがてお前も　お前たちも老いるのだ
座ることになにをためらう

淡い光の中
白い椅子に座るうつむく老人のシルエット
一つのオブジェのように浮かび上がった
それはまるで
ゴッホの「悲しむ老人」のようにも見える
部屋の中に置かれた白い椅子と老人
仕掛けられた白い椅子に

老人には知る由もないが
通り過ぎる誰もが観客となっていく

一本の手すりがあれば

駅のトイレで用をたして
腰をあげ立ち上がろうとしたときだ
膝ががくがくしてなんとしても腰が上がらない
いくら足腰が弱ったとはいえ
こんなはずはないと思った

和式トイレから尻を上げることができなかった
尻をだしたままかがみ
どうしらよいものか
狭い部屋で焦るばかりだ
この状態で
声を出して助けを呼ぶのも恥ずかしい

外からは見えないのが幸いかどうか
両膝を冷たい床につけ
右手をドアにあてながら
すこしずつ手の位置を上げていく
ドアの鍵の金具をぐっとつまみ
手を掛ける

左手で便器の前の部分をおさえ
やっとのことで腰を上げることができた
一本の手すりが目の前にあれば
手の届く位置にあれば
膝に故障があったとしても
腰を上げることができただろう

家では洋式トイレだが
外に出れば家のようにはいかない
若い頃とはちがい
齢がかさなれば筋力もおちる
日常の些細なところでつまずくこともある
高齢者がふえ多様化する社会を迎えるとなれば

トイレでのできごとを
けっして笑いごとではすまされない

見切り品

「マグロぶつ　大特価！」
経木に書かれた朱書きのおおきな文字
ぶつ切りにされたお前から
黒い大きな魚体の想像すらできないが
家族や仲間から放り出された俺のようだ

南太平洋で
伸びやかに自由自在に泳ぎまわる
そんなお前をそうはさせなかった連中がいる

食と生業を両天秤にかける
華やかな解体ショーが待っているからだ

見切られ
ぶつ切りにされたお前よ
いつまでも幻の姿にしがみついたところで
広い海に戻り泳ぎまわることはできない
見切り品として並べられようが
マグロの意地はとおせるだろう

はたして　放り出された俺はどうだろう
残り物のような粗に
世間は見切られた人生だと笑うだろうが
生きる意地はとおす

アンコウ　Ⅰ

陸にあげられたばかりに
吊るされ人前に晒される
屈折した出刃の光が
アンコウの眼を刺す
ショーの始まりなのか
赤児の手のような胸びれを切りとった
鱗の無いぬめる皮を一気にはがす
むき出された裸体は

重力のなされるまま垂れ下がる
一滴の血も流さなかったが
アンコウの眼から
海の雫が一つ二つとこぼれた

扁平な体に顔がでかい
いくら醜いとはいえ
丸裸にしてもなお飽き足らないのか
出刃は容赦なく
腹を抉り　肝を奪う
アンコウは
深い海の底でずっと静かに待っていた
生きるために待っていた　が

生きるのびることが罪であるかのように
胃袋の中までまさぐられる
肉を削ぎ取り骨も残されない

虚空に
アンコウは何を叫びたかったのか
大きな口を天に向けている

車窓

車窓に映る
いびつな球体は
一瞬
色を失いコロンと床に転がる
冷ややかな感触と熱い色の蜜柑を
拾い上げながら
薄紅色に染められた富士が目に入る
今も言語の壁をこえ

シャンソンを原語で歌い続けている
一途な友*の生き方を想った

電車は
明けきらぬ時間のすき間を
弧をなぞるように
ぐんぐん進む
家々の屋根　ビルの窓にも
朝の光が強く跳ねかえり
車窓の富士がひときわ眩しく見える

オランピア劇場に立った友の姿
眩しく見える富士と重なる

パリの空の下ではないが
車窓の空は明るい

＊シャンソン歌手の福田ワサブローさん

緑窓

電車に乗って行きたい
突然のことばに
妻のいつもの気まぐれだと
そうだねと相槌を打つ　が
電車は郷愁を誘いながら
命のしげる季節の中を走っていた

レールの振動にうっとりしながら
子どものわたしは
先頭車両の運転席の先をみている
迫ってくる渓谷に思わず目を閉じたり
身体を右に左に傾けたり
頭を引っ込めたり

あっ
夢の中の叫びでうつつに返る
向かいの席にいつから座っていたのか
おしゃぶりをくわえた
赤児がこちらを見ている
レールの単調なリズムが続くなか

赤児を抱いた若い母親からも
かすかな寝息がきこえてくる
電車はスピードをおとしながら
渓谷の緩いカーブを走る
寄り添う妻に
青い木漏れ日がさす

記憶のはさ木*

雪の残る
田園風景の中にはさ木が見える
半世紀もの間
もつれたままの輪郭が脳裏をよぎり
記憶の底で燻っていた見覚えのある風景がうかんでくる

心ふるわした思春期にもどるのに時間はかからなかった
記憶の底をたどりながら

映画の一コマ一コマをたしかめるように*
車窓に目を凝らす
涙したモノクロ映画の場面がよみがえってくる

遠くかすむ山の稜線に
雪を残したまま春を迎える
立ち並ぶはさ木に見送られながら
長い葬列がいく
すすり泣くような風の音
思春期のかけらを一つ
また一つとはがしながら
愛とか恋とかうわついたころの
もつれた心情がほぐれてくる

根をはってきたはさ木も近代化の波にあらがえず
はさ木のある風景が車窓からも遠ざかっていく

＊はさ木　稲掛け。田の畔などに植えてある生木と生木を竹などでつなぎ刈った稲穂を束ね、穂を下にしてかけておくもの
＊映画の題名「故郷は緑なりき」

孤高のカラス

ひょい　と
軌道に降り立った一羽のカラス
ここでも　また
辺りを一巡したあと
突然
唖唖　唖唖と
黒太の嘴を天に向けた
敷石の隙間を

ささくれた枕木に目を凝らし
一つ啄ばんでは
天を仰ぎ
嗚呼　嗚呼

雨の降った三日前の朝
人混みのなか
ホームから人が落ちた
金属の摩擦音がけたたましく
鉄輪に引きずられ
人形の手足が引きちぎられたように
車両の下からだらりと垂れた

敷石の隙間にも
枕木のささくれの間にも
いまだ成仏できない
人身があったのだ
朝のひしめく喧騒のなか
カラスは命ののこりをくわえ
黒い鷲かと思わせる大きな翼を羽ばたいた
結びの魂をとどけに
遠くへ　高く　浄土へと

友の死

通夜の帰り
物音一つ聞こえない真っ暗な夜に
刃のような月がまち構えている
人の闇を切り裂き
世の中の凹凸を削ぎ落とす
友なら
それぐらいのことはやり遂げたろう

友の死を
だれも予期できなかった
それは当然で
唐突なことだった
誠実な友の死は
正義でもあり
不実でもあるが
人生のリバーシブルを演じきれなかった

人の生き死にの選択は
哲学にもまさる思索にちがいない
友の死もまた
苦渋に満ちた結果にちがいない

はたして
生きることを演じているお前はどうなのだ　と
友の声が聞こえてくる

無言坂

戦争が遠い記憶になっても
八月十五日の父がいる
断ち切られた長い時間とはいえ
私のなかに
容赦なく叩く雨に濡れながら
長いゆるやかな坂道を歩いている父がいる

絶望的な戦争だったからこそ
生き残って帰ることが出来たのかもしれない
時代が足早に立ち去ろうとも
逆らわず止まらずに明日に生きたいと
何としても生きる決意があったにちがいない

寡黙で笑わなかった父を
同僚と酒を酌み交わした父も
徹夜で働いた父に
卓袱台を囲み和んだ父が
晩年　認知症の病を抱えてしまった
長い坂道を無言で歩く後ろ姿の父を見て
認知症になることを

自身に強いながら生きてきたのではないか
それが父の生きた証言でもあったのではないか
父の生きた年齢を過ぎたいま
ふっと思うときがある

万華鏡

夜明けのはやい
古い民家の立ち並ぶ街に
向かう夏木立の山門から
ひたひたと修行僧の列

雲がちぎれ陽が照りかえすなか
子安地蔵に続く細い石畳の道
いくつもの墓碑に隠れて

何百という小さな赤い風車が
誦経のような乾いた音を響かせている
祈りの時が経てども
容赦なくカサカサと記憶がまわりめぐる

身重のきみをそっと抱きよせたとき
小さな命の鼓動までもが伝わってきた
世間の倫理に背いてでも
きみと暮らしたいと思った
過ぎた日々を振り返ったところで
時間が戻るわけではないのに
自問に翻弄されながら
山門を出る

通りはざわつき若い男女で溢れていた
人も車も目眩がするほど行き交い
街の喧騒が風車の響きとかさなる
めぐりめぐる因果なのか
くるりくるりと赤い風車の万華鏡になる

アンコウ　II

見た目の醜さなのか
人目に晒し
冬の風物詩などともてはやしながら
ぬめった衣を一気にはがす
素っ裸の魚体を
なんのためらいもなく切り裂いていく
吊るし切り
見せしめのように

腑の一つ一つを切り分けるごとに
勝ち誇った兵士のように
歓声が上がる
かくも正しく品よく
掛け声よく心地よく聞こえるとしたら
ゲルニカよりも劣る
今だからこそ
人権は叫ばれるが
底辺に生きるものの
権利などはじめからさらさらない
全てが人のはかりごとだ

空想の決意

ニュースの画像に箸が止まる
いくつもの建物が破壊され
黒煙を吐きながら戦車が走りぬける
力によって人々の命が脅かされ
失われた命が数で束ねられていく
遠い国のこととはいえ
同じ時間を共有しながら
画面の内と外
誰かが狂っている

あの日の波が防潮堤を超えてこなければ
きみも同じように齢をかさね
若いころのように会うこともできた
失われた家々の思い出が重機に均され
復興拠点と謳われる
新しい街に造り変えられ賑わうのだろうが
記憶の風化が忍びよってくる

自然の調和が崩れ
貧困や飢餓であえぐ地球の隅で
これからなにが起こるかわかっているのに
誰もが口をつぐんでいる

世界につながる海も空も真っ青なはずなのに
鳥は病み魚が消えていく
なにかがおかしい

息苦しい現実のなかにいても
明け方の冷気を鼻孔から肺にくぐらせ
迷路のような血管に送りこむ
きりっと闇の先をみつめ
生気に満ちた決意を
つぼめた口からゆっくり吐きだす

あとがき

父の生きた年齢を越えたら、詩集を出そうと以前から思っていたのだが、足踏みの状態が続いてしまった。漢字のテキストづくりに取り組んだ四人のうち二名が急逝し、八月には胆嚢摘出術で半月以上も入院してしまった。詩集を出せずに、いよいよ自分が三人目のあの世行きかと覚悟をしたこともあった。さいわい無事退院することはできたが、書き溜めた詩の選択、校正作業がちっとも進まない。術後の体調がすぐれないこともあるが、身近な人を亡くしたということに気が滅入って、編集作業になかなか取り組むことができなかった。詩集発刊の遅れの言い訳をするつもりはないが、どうにもならないことがあるものだと思い知らされた。

日々の暮らしにおわれふり返ることもなく、むだに年齢を重ねてきたのではないかと想うときがある。思考も行動も若いころのようにはいかなくなり、消えていった時間は取り戻せないと、老いの心境に自分の姿が映し出されることもある。歳月の結果だとしても、このような情緒に包まれてはいけないと思った。

二〇二二年、世界の情勢は大きく変わった。真実を見ようとしないと見えてこないのと同じように、生き方も生きようとしないと人生の下書きをなぞるような生き方しかできない。

逝ったかけがえのない友人の供養のためにも東日本大震災・原発事故のことは書き続けなければと自身に課してきた。しかし、日が経つにつれ少しずつ角がとれ風化して行くような、日和見的な心情にハッとすることがある。歳月に潜む魔物の仕業なのだろうか。また、見聞きしたことをいくら書いても、被災した当事者にはなりえないという現実があるからだろうか、どうしても踏みこめない一歩があった。

所属している同人詩誌「那須の緒」の「追憶のモスクワ・I」の執筆中に、ロシアによるウクライナ侵攻が勃発した。予想されていたとはいえ、私のなかでは現実化するとは思ってもみなかった。フェイクされた情報だけがロシア国内に流布され、それでも、逮捕されるのを覚悟で国家を批判し、戦争反対を叫んでいるロシア国民もいる。

私が「ロシア」と言っているが、それは権力を有する官僚国家のことでロシア国民一人ひとりではない。官僚も国民もロシア人という共通項はあるのだろうが、けっして一枚岩ではないと思う。

かつて、家族で三年過ごしたモスクワでの生活を振り返ると、遠い国の出来事とは思えない。どこであれ、誰であれ一つしかない命を失われるようなことがあってはならない。

出版にあたり新潟県上越の詩人、国見修二さまから玲風書房を紹介していただきました。スタッフの皆さまには細部にわたりご指導いただきました。また、「那須の緒」の同人でもあります、木版画家・相澤弘邦さんの作品を表紙や挿絵にと快く引き受けてくださいました。みなさんのご厚意に支えられながら出版することができました。心より感謝申し上げます。

二〇二三年　春

こやま きお

著者略歴

こやま きお

一九四七年　栃木県生まれ

所属　日本現代詩人会
日本詩人クラブ
栃木県現代詩人会
栃木県文芸家協会
詩誌「那須の緒」「回游」同人

詩集　『おとこの添景』（歩行社）
『海が燃える　3・11の祈り』（私家版）
『父の八月』（歩行社）

住所　〒三二一－〇九三三
栃木県宇都宮市簗瀬町二五三六－四　助川方

相澤弘邦・画　作品リスト

カバー　《林界》
挿画　《夕暮れの詩》
挿画　《寂想》
Ⅰ章　祈る　《村の社》
Ⅱ章　愁える　《頂月》
Ⅲ章　願う　《コスモス》

詩集 白い椅子
令和五年四月 六 日 初版印刷
令和五年四月一九日 初版発行
著者 こやま きお
発行者 生井澤幸吉
発行所 玲 風 書 房
東京都北区東十条一－九－一四
電話 〇三－六三二二－七八三〇
http://www.reifu.co.jp
造本設計 安藤剛史
印刷・製本 神谷印刷株式会社

ISBN978-4-947666-83-3 C0092